我父亲的奇想之屋

中篇

韩松落 著

天津出版传媒集团
百花文艺出版社

图书在版编目（CIP）数据

我父亲的奇想之屋 / 韩松落著. -- 天津：百花文艺出版社, 2022.6
(百花中篇小说丛书)
ISBN 978-7-5306-8277-7

Ⅰ. ①我… Ⅱ. ①韩… Ⅲ. ①中篇小说-中国-当代 Ⅳ. ①I247.5

中国版本图书馆 CIP 数据核字(2022)第 042046 号

我父亲的奇想之屋
WO FUQIN DE QIXIANG ZHI WU
韩松落 著

出 版 人: 薛印胜 **选题策划:** 汪惠仁
编辑统筹: 徐福伟 **责任编辑:** 孔吕磊
装帧设计: 任 彦
出版发行: 百花文艺出版社
地址: 天津市和平区西康路 35 号 **邮编:** 300051
电话传真: +86-22-23332651（发行部）
+86-22-23332656（总编室）
+86-22-23332478（邮购部）
网址: http://www.baihuawenyi.com
印刷: 山东临沂新华印刷物流集团有限责任公司
开本: 700×980 毫米 1/32
字数: 30 千字
印张: 3.75
版次: 2022 年 6 月第 1 版
印次: 2022 年 6 月第 1 次印刷
定价: 32.00元

如有印装质量问题,请与山东临沂新华印刷物流集团有限责任公司联系调换
地址:山东省临沂市高新技术产业开发区新华路 1 号
电话:(0539)2925886 邮编:276017

韩松落 / 作者

著有《我口袋里的星辰如沙砾》《窈美记》《为了报仇看电影》《我们的她们》《怒河春醒》等，出版专辑《靠记忆过冬的鸟：韩松落作品集》。华语电影传媒大奖、迷影精神赏评委。《GQ》中文版 2012 年“年度专栏作家”。

那是我父亲失踪前一年的秋天。那个秋天,父亲和往常一样,每到黄昏就带我去散步。通常,他会走到我的房间门口,凝视我片刻,等我感觉到了他,转过头来,他就轻轻偏一偏头向我示意,我拉开椅子,穿上一件外套,和他一起走出门,走到大街上。

门洞里暗黑,门外落日金黄,出了门,迎着落日走着,像被裹上一层金色的蛛网。我们就披着这层金色蛛网,走过两条街,右拐,穿过一条巷子,走上一条更僻静的河边小路。路的左边有一排房子,房前种植着金银木,叶子金黄,红果成串。路的右边就是那条河,河面有二十米宽，河水的流速很慢，几乎感觉不到流动。河边有一种极度的安静，看到那条河的同时，心里就像被按下静音按钮。

往常，走到那里，在河边站一会儿，就该返回了。那天，父亲却从裤兜里掏出一串钥匙，对我说，来，我带你看个东西。他带着我，往前走了不远，停在一幢小楼前，说，你看看这房子。我抬头看了看那幢小楼，它很普通，米白色，方方正正，一共五层，每层有八个窗户，窗户都关着，没有灯光。一楼有门，门关着。然后，父亲示意我跟着他，到小楼的后面去。

楼后有一扇很小的铁门，父亲用钥匙打开门，眼前出现一段极其狭窄和陡峭的楼梯，楼梯和门紧挨着，进门的同时就得上楼梯，没有一点空地。父亲走在前面，登上几级楼梯，回身等我，等我迟疑着踩上楼梯，他就让我把门关上。我们立刻陷入黑暗中，父亲打开手电筒，引我沿着楼梯走上去。

走了二十级楼梯后，拐上下一段楼梯，又走了二十级楼梯后，一扇小门出现在楼梯旁。父亲伸手去拉那扇门，门很涩，用了很大力气才拉开。我紧跟着他走进去，一个小房间出现在我们前面，房间低矮，只有一扇小小的窗户，窗前摆了一把椅子，椅子面对着窗户，背对着进屋的人，仿佛等人坐上去，我们刚刚经过的那条河，就在窗外。

父亲在屋子里站了一会儿，什么都没说，然后带我走出屋子，沿着狭窄的楼梯继续往上走。二十级楼梯之后拐个弯，又走了二十级楼梯，旁边出现了又一扇小门，拉开门，第二个房间出现在我面前，房间的大小和格局与第一个房间没有什么两样，同样有一把椅子，以同样的姿态，摆在窗前。

走出这间屋子，又是二十级楼梯，这二十级楼梯，和之前的楼梯不在一个方向，仿佛一把折尺拧向了另一边。最后，第三扇门出现在楼梯的尽头，拉开门，第三个房间出现了。这个房间的形状极不规则，像是一个折纸玩具的内部，充满了凌厉的线条，屋顶像被一个巨大的锥形刺了进来，而后凝固在一个极其不安全的状态，唯一的窗户也是“【”形的。父亲站在这间屋子里，露出了一种脆弱不安的表情，似乎在这间屋子里有非常不愉快的事情发生。但他随即克服了自己，摸摸墙壁上那些凸出的几何体，在窗前站了一会儿，带我走出屋子，走下楼梯，关好一扇又一扇窄门。

重新回到河边的那条路上后，他对我说了一段话。这些话超出我的理解力，我没能记下来，只记得大意。这幢房子，是他设计和建造的，他在这幢房子里隐藏了另一幢隐秘的房子，从外到里，都发现不了这幢隐秘房子的存在。他描述这幢房子的话，我倒是牢牢记住了：房子里套房子。最后，他笑着对我说，我把这幢秘密房子留给你。

在以后的散步中，他又带我去看过两幢房子，以及他藏在那些房子里的“另一幢房子”。

那些房子，都有狭窄陡峭的楼梯、低矮的房间以及正对窗户的一把椅子。我渐渐习以为常，觉得这是所有建筑师的小游戏，是一幢房子必然会有的配置。

第二年夏天，父亲留下一封信，从此消失。消失前毫无征兆。我还记得我母亲读那封信的情景，她站在桌子前，表情凝重地读了很久，然后，她用食指和中指，在额头上擦了又擦，那是她的习惯性动作，只有在极度紧张的时候才出现。但她也知道这个动作会显示出自己的紧张，所以马上停了下来，点了一支烟，在阳台上抽完，回过头，凝视了我一会儿，给祖父打了个电话。自始至终，她都没有给父亲打电话或者传呼。她的这种反应，影响了我很多年，直到现在，我在遇到事情的时候，都会冷却和隔离当事人，似乎他们只要把事交给了我们，就不再是这件事的一部分。

我丝毫没有意识到，那幢房子和我父亲的失踪可能有某种联系，所以我没有对母亲说起那些狭窄楼梯上的小房子。直到有一天，我和母亲散步，我习惯性地带着她走上那条河边小路，又一次看到那幢房子。我对母亲说，爸爸在这幢楼上有几间房子。母亲警觉地问，什么？什么房子？我带她绕到房子后面，没找到那扇小门，又转到正面去找那些小房间的窗户，也没有找到。

我们试着敲了敲大门，因为那幢房子看上去像是没有人。没想到门却开了，一位看门的老人满脸疑惑地打开大门，上下打量着我们。母亲对他说，她的丈夫是这幢楼的设计师，我们想看看他设计的房子。老人迟疑一下，带我们进了那幢楼。我们从一楼走到四楼，反反复复，打量每一间房子，房子大小相同，都有房号，秩序井然，根本没有那几间秘密房子的容身之地。

回去的路上，母亲没有责怪我。因为我很小就显露出狂想家的潜质了。七岁那年，和父母亲坐火车南下，经过四川和西藏交界处，看到那些被云雾笼罩的高山，我对他们说，云雾里有一只巨大的鲸鱼缓缓飞过，飞过我们头顶的时候，我甚至看见了鲸鱼灰白色肚子上的纹路。父亲和母亲当然没有看到这只鲸鱼。所以，父亲的小房子经我说出来也带上了狂想的色彩。

母亲若有所思地走在路上，拢着双臂，像是把手拢在一件不存在的棉袄袖子里。对她来说，这就是一种失常状态了。每当她专注地思考某件事，就会卸下一切防备，变回她最初的样子——民心市场卖鱼少女的样子。

是时候介绍一下我的外祖父和我的母亲了。我的外祖父，出生在一个商人家庭，但在很长时间里，他都不能做生意。有段时间，他已经无法忍受家里的贫穷，准备出去倒腾点什么了，一场抓捕“投机倒把”分子的行动总是会及时出现，他就心惊胆战地缩回去了。一直到一九八〇年，他才终于在民心市场开了一间小小的水产店，我母亲充当店员。也就是在那里，她认识了我的父亲，他在附近的建筑设计院工作，住在设计院的单身宿舍，时常来市场买菜。

一年后，他们结婚，一九八二年，我出生，也是那一年，政策变宽松了，前几年因为“投机倒把”获罪的商贩得到平反。外祖父的生意也是在那一年开始扩张，一间店变成两间，很快变成五间；他又开设了一间小小的工厂，生产暖气片，并不时打听各种赚钱机会。听说有位大学老师，发明了一种冷凝技术，他立刻上门求购，以极其低廉的价格，获得了这项技术，开始生产相应零部件。

这也奠定了他之后的生意模式，他在大学和科研机构四下搜罗，寻找失意的、不被重视的技术人员，购买他们手里的专利技术，能够自己生产的，就自己生产，生产不了的，就加价卖出。他之所以赞同父亲和母亲的结合，就是因为父亲的职业。外祖父在那时就认定，人们当时住的破房子都要被拆掉重新盖一遍，到那时，父亲肯定很有用武之地。

母亲不用再亲自去市场卖鱼了，她开始学习过另一种生活，学习插花、茶艺，听音乐会，但每次学习，都以她耐心用尽而告终。她内心细腻，却不拘小节、举止粗鲁。她嘲笑插花班里的阔太太，绘声绘色地描述她们的举动。她们中的一位，稍有风吹草动，就背着全套心脏监护仪来学习插花，她时常大笑着模仿那位太太把装着监护仪的包背在身上并不停挪动，以显示其存在的样子，并且说“别人戴金项链，她是把监护仪当金项链戴”，直中本质。全然忘了，她此时也能算得上一位阔太太。而她们一定也在背后嘲笑母亲，描述她的举止，比如，她从卫生间出来，总是急匆匆地，边整理衣服边往外走，全然不顾什么仪态。

有一次，在一家插花学习班（因为她已经在上一家插花学习班凭借大大咧咧的举止，把自己搞成了笑料，她的说法却是“我又把那家插花班搞臭了”），她看到旁边的女人，认认真真地用一束红玫瑰，插出一个心形，终于忍无可忍了。她夺过那些玫瑰，嘟嘟囔囔地说，花长这么大可不是为了让你摆成一个死人的心的。她把那些花打散，加入白色和粉色的玫瑰、非洲菊、百合，最后编织成一个花圈。而那个女人在旁边气哭了。晚上，她告诉我们，她又搞臭一家插花班。总之，人类可以玩的东西不多，即便你有钱了。人类狂想中那种无边际的欢乐，和手头有限的玩具、有限的玩法之间，有着巨大的鸿沟，会让投入其中的人产生饥渴和失落。那时候是那样，现在还是那样。

我的父亲和她恰成对照，他们一静一动，一个戏剧化，一个极力抹杀自己的存在感，但他们有一个共同点，就是常常若有所思。他们的相处很淡，却总有一种抑制不住的笑意四处弥漫。他总是装作打击她，她总是装作被打击，他给她起了很多别名，并且根据她身上的新动向不断更换，她总是装作很生气，却又喜不自胜地接过来，例如其中一个别名，一〇八，那是嘲笑她打碎了至少一百〇八个花瓶；还有一个，莫扎特，是因为她有个闺密，在女儿学钢琴之后盯上了她，莫名其妙地给她灌输“你也喜欢莫扎特但你自己不知道”这样的想法，她被迫买了很多张莫扎特的唱片。

他们在一起的那些年月，是我的黄金时代。

基于这样的出身和个性，父亲的失踪虽然给她带来深重的打击，却并没有摧毁她的生活。她在报纸和电视台都发布了寻人启事，却没有收到回音。她也设想过各种可能——被绑架，被谋杀；和某个女人甚至男人私奔；厌倦了现在的生活，想要换个地方重新开始；患有某种精神疾病，突然爆发了。她甚至还怀疑，父亲是参与了国家的保密工作，去建设秘密基地了。

一年过去了，两年过去了，我们没有接到勒索电话，没有收到收容所的通知，也没有政府工作人员前来慰问——在那时的都市传说里，参与保密工作者的家属会得到政府的慰问，慰问者什么也不多说，只会郑重地告诉你，他（她）是去为国家工作了，并且留下一些礼物，走的时候还会向家属敬礼。

一年以后，她已经从痛苦中挣脱出来了。一个偶然的机会，她认识了“摩托界”的朋友，从此爱上骑行。那些热爱摩托骑行的男人粗鲁地宠爱着她，一边照顾她，一边在话语上贬低她，他们打开酒壶，喝一口再递给她，在野外聚餐的时候，走开十米放着响屁撒尿，当着她的面讲述各种厌女的段子。

比如我曾听到的一个（他们认为我不懂得其中隐晦的意思所以会当着我的面说出来），一个商人想要抛弃他的情人，很久都不去他们共同居住的房子，也不肯付生活费。他的情人找到办公室来，他不肯见她，她于是托秘书带话"需要交房租了"，他让秘书替他回答："你的房子太大太太冷了。"母亲却跟着他们一起大笑。

她骑着摩托，越走越远，最远去过哈萨克斯坦。

父亲失踪的时候，我只有九岁。母亲没有对我隐瞒，但也没有用"失踪""离家出走"来描述父亲的消失，她只是告诉我，父亲要离开我们一段时间，也许将来还会回来。这样的话语，在电视剧和电影里出现的时候，通常指向死亡，从母亲嘴里说出来，我却知道，那不是死亡，也不是失踪，是我现在还不明白的一种情形，它虽然不是很好懂，却不一定是坏事。

因为我有一位这样的母亲，我并没有伤心和失落很久。但在一年一次选择课外兴趣班的时候，我放弃练习了两年的跆拳道，选了绘画，因为一次神秘的感受。那次神秘感受出现在一节美术课上，当时的我，正在画板前画素描，却突然有了一种奇怪的感觉，似乎有人站在我身后，看我画画，并且慢慢躬下身子，握住我的手，教我画画，就像童年的某天，我站在父亲的图纸前，他所做的那样。那种温暖、安全、幸福的感觉，像电流一样通过我全身。我以为，选择画画，似乎就还会被父亲笼罩。

那种感觉再没来过，父亲也没有出现，没有任何消息。二十七年过去了，我也到了父亲失踪时的年龄，做着和父亲相近的工作，在东京一家漫画公司里画画。我制作的漫画里，有一个是由我创意的，这是个名为《奇想建筑》的系列漫画，主人公是“香川教授”，三十多岁，身高一米八四，浓眉大眼，精短黑发，喜欢穿正装，以及西裤和衬衣，风衣和短夹克，在户外会戴各种帽子，如波洛的礼帽、福尔摩斯的猎鹿帽。

香川教授从小就被一些古人对信仰的忠

诚打动，成年后，他以探访信仰之谜为由，奔向世界各地的奇异建筑，石柱上的小屋、悬崖上的城堡、朗香教堂、梅尼耶巧克力工厂、基日岛乡村教堂、上海的一九三三老场坊、陕西的塔云山金顶观音殿、贵州的梵净山、东欧的未来建筑，以及安东尼·高迪的那些建筑作品。

他负责解说这些建筑的设计方案、建造过程、建造者的故事，也负责抛出一个问题，那就是，人们为什么要修建这些建筑，甚至是在战乱年代，在人们食不果腹、奔徙流离的时候修建这些建筑。他总会把这一切归结为某种信仰。在他看来，那些建筑是信仰激发的狂想，是人类向着宇宙的呐喊，是某种狞厉心绪的凝结物。所以，在每个奇想建筑背后，总有一个阴郁的故事。

香川教授有个伙伴。在这个系列进行到第二年的时候，他来到了中国，在西安遇到了一个当地的少年，这个少年叫李斌，是他临时找的助手，帮助他探寻秦王地宫之谜，并在关键时刻救了他。从那以后，少年李斌就成了香川教授的助手，和他一起冒险，并且解开各种信仰之谜。

这其实是两个过时的形象，不论浓眉大眼，还是黑色短发，或者西裤衬衣，都已经很久没有出现在漫画里了。甚至连少年的名字，都不是现在的中国人会用的名字。我却打着复古的幌子，固执地坚持了他的形象特质。我当然知道我真实的想法：香川侦探的样子，就是我父亲的样子。至于少年李斌，就是我想象中的自己。

画《奇想建筑》那些年，我看过很多资料，也见过很多建筑师，我把父亲带我看那间房子的经历，假托为小说里的故事情节讲给建筑师们，并且问他们，这在现实中有没有实现的可能。一位英国建筑设计师告诉我，伊丽莎白时期，有一位建筑师，用一系列建筑构想图，探讨过在一个建筑里隐藏另一个建筑的可能。这些构想图起初叫“屋中之屋”，后来，建筑师用他喜欢的一位同时代诗人的名字，将这些图画中的屋子命名为“约翰·弗莱彻之屋”。

画面上充满了扭曲的建筑结构，神出鬼没

的走廊、繁复的装饰、各种琐碎的细节。把目光落在不同的角落，会获得不同的感受。当你久久盯着其中的几根柱子、几条走廊、几面墙壁，你会慢慢地把它们组合起来，于是，一间房子就浮现出来了。搭建这间房子的逻辑，会在短时间里影响到你，当你挪开目光，还会依照这个逻辑搭建别的房子、别的走廊，最终，你会获得一个按照你的临时逻辑建起来的建筑。而那些雕刻着花纹的边角，在画面上浮动着，让这个过程充满趣味。

但如果你闭上眼睛，静默片刻，把之前的印象清除掉，让目光重新回到画面上，把视线落在一个新的角落里，盯上一会儿，又会有新的逻辑出现，走廊重新衔接，柱子开始颠倒，上一次的墙壁，这次也许变成了地板；上一次的地板，这次或许变成了走廊的一部分。最终，你会得到一个新的建筑，和此前完全不同。据说，有人在一张“约翰·弗莱彻之屋”构想图上，看到了十五幢不一样的房子。

这位建筑师始终不得志，从没得到过重视，也没有得到机会主持建设一幢真正的房子。他在三十九岁的时候去世，那些被命名为“约翰·弗莱彻之屋”的图画，在五十年后，被他的后代卖给了法国的收藏家，从没被展出过，也没有被制作成印刷品。回答我问题的英国设计师，曾在瑞士的一座私宅里，看到了其中几幅原作。在他看来，构成“约翰·弗莱彻之屋”的，不过是一些视觉诡计，但他也承认，他本人没有能力创造这样的视觉诡计。

更多时候，建筑师们会告诉我，类似我那个故事里的房屋，在图画中有可能实现，但在现实中是不可能存在的。历史上有许多传说中的密室，和我的故事里描述的屋子相近，但在关键的地方有区别。人们说，狮身人面像里有一个密室，藏着足以改变世界的文件和器物，也有人说，慈禧太后的卧室里，有一个隐秘而曲折的通道，通向一间密室，密室里藏着她搜刮来的金银财宝，这间密室非常隐蔽，以至于八国联军攻打北京，她向西逃亡又再度返回后，密室都没被发现，财物也保存完好。

现实中的密室，除非以屋子为入口，向着地下延伸，或者伸入屋后的山体，否则很难不被发现。在我的故事里，一个外形规整的房子中，藏着三间房子和楼梯，很难施工。何况，那是在二十世纪八九十年代，盖房子是大事，容不下任何游戏，减少房子的使用面积，做出三间不明用途的房子，在情理上是说不通的。任何有经验的施工员，都会发现这里面有问题。

还有建筑师告诉我“白城恶魔”亨利·霍华德·霍姆斯的故事。他生活在十九世纪中后期的芝加哥，为了满足杀人欲望，他在芝加哥建起一幢大楼，大楼里有一百多个房间，遍布暗道、暗门、机关、陷阱和地下室，地下室里还有巨大的炉子，用来焚毁尸体。建造这座大楼的过程中，他不断更换建筑工人，以确保没有人能掌握完整的拼图，理清他的秘密。即便这样，当人们终于发现他的杀戮，冲进这座可怖的大楼时，房子的所有秘密立刻大白于天下，像一个被无情掀开的蚁巢。就是说，在一所地面上的房子里制造密室，并且永远不被人发现，是不可能的。

我父亲的房子，很可能只存在于他的讲述里，是他的讲述，为我建立起了某种幻觉。我可能被他的讲述催眠了。他讲给我的，是一个“奇想建筑”——这是我从一本建筑家的随笔集里看到的词语，在我看到这个词语的那个瞬间，我就决定画这套漫画。

《奇想建筑》连载了五年之后，我决定结束这个系列，因为我慢慢意识到，我恐怕再也见不到父亲了。二〇一八年五月十九日，我画完当期的稿子，交给助手们去做后期，在那一期的结尾，我向读者做了预告，这个故事将在下一期迎来最终章。我用冷水洗了把脸，在窗前站了一会儿，然后，我意识到，我正像母亲那样拢着双臂。我立刻放下双臂，打开手机，打开微博，随后就看到那个帖子。

写微博的人名叫stella2216，是个女性账号，加了V，而且是金V，微博认证的身份是“画家，杂志主编”。她开宗明义：“有福利，转发者里抽出十位送最新款iPad，符合要求的应征者送最新款iPhone。”随后，她写了一个故事，说如果网友看到、听说或者经历过类似的故事，可以和她联络。

“我要写的事相当奇怪，你可以当成我的

幻想，当成梦也可以。那时候我八岁，我父亲一到黄昏就带我出去散步，他以前也每天散步的，不过都是一个人，从那一年开始，不知道为什么，他散步的时候会带上我。其实我小时候很宅的，不太爱出门，但我父亲特别帅，可以当明星那么帅，我就很虚荣，很愿意跟他出去走路。他带着我散步的时候，会经过一个游乐场，游乐场入口的地方，有一个恐怖谷，恐怖谷是利用山里的旧防空洞改造而成的，就是灯光唰唰的特刺激，有很多人戴着面具在里面装神弄鬼，还有小喇叭放鬼哭狼嚎声音的那种。起初呢，我们只是从那个恐怖谷前走过去，根本不会停下来看。结果，那天父亲在恐怖谷前面站住了，说要带我去看他在这里的一个房子。那时候游乐场已经下班了,恐怖谷的入口已经锁上了,游乐场一个人都没有。他带我绕到恐怖谷的一面墙边，那个墙快要和山连在一起了，墙上有个小门，他拿出一把钥匙把门打开,然后让我进去。里面有一条白色的小通道,墙壁特别光滑,像个管子那么光滑。我走在前面,他跟在我后面,拿出小电筒给我照亮,我们在管子里走了一会儿。大概走了一百米,我感觉他在我身后的墙上按了一个开关，前面突然亮了,我眼前出现一个特别大的大厅,就是维也纳金色大厅那种,但是没有座椅,也没有舞台,就是一个大厅,柱子半藏在墙壁里,墙壁和柱子都非常光滑,屋顶是穹顶形状的,有很多雕刻,所有这些都是金色的。大厅里有很多壁灯,还有一个大吊灯，垂在半空中，灯光也是金色的。怎么说呢，就像走进一个藏宝洞。站了一会儿，我父亲说走吧，就领我走了出去，出去后，又拿出钥匙锁了门。后来我跟父亲说，还想看那个金色大厅，但父亲再也没有带我去。第二年，他留下一封信，然后离家出走了。离家出走之前什么事都没发生，他跟我母亲感情很好，他们从来不吵架，他的情绪也很正常，没有抑郁症什么的。父亲出走之后，我还带我妈去游乐场那里找过那个小房子，没有找到，连那个小门都没有了。事实上，那个金色大厅，多半也是不存在的，因为恐怖谷和游乐场已经把山体里的防空洞全都占满了，不可能留出那么大的一块位置给金色大厅。我妈说我神经病。后来我父亲再也没回来，已经十五年了，我很想他。当然我写这个不是寻人启事，我是想问问，你们有没有在书里看到，或者听到这样的故事，或者经历过，如果是在书里看到的，请把书页拍下来，和书名一起给我。有小礼物。微信、邮箱、微博私信都可以。半年内有效。”

那条微博是三个月前发出的，在我看到的时候，那条微博被转发了五万九千七百三十一次，有三万两千三百二十一条回复。回复千奇百怪，“你妈说得对，你的确是个神经病”“有钱人发个胡思乱想出来的事也这么兴师动众”“你去《聊斋志异》里看看”“一个大主编文笔这么差”“少女心有很多种，这也是一种”“iPad是哪一种，可以说具体一点吗？”“iPhone可以选颜色吗？”

我按照她留下的微信加了她，加完之后，觉得还不够，又写了一封邮件，把我的经历写下来发给她，并且告诉她，我不需要她送我iPhone，我只是想和她取得联系。但随即我又想到，那正是“me too”运动最激烈的时候，我的回答这样离奇，和她的经历如此相似，会不会被她视为骚扰，于是我又加上了一段自我介绍，附上了我的作品。总之，我毫不遮掩想要和她联络的愿望，竭尽全力表达我的诚意。

十分钟后，我收到了回邮：我需要尽快见到你，这非常非常重要。我又发了邮件：如何见？在哪见？五分钟后，我又一次收到回邮：你能在五月二十日赶到湖北苍阳县吗？十一点三十分，我在阳江路九十一号的285咖啡馆等你。

我查了路线和航班，苍阳在襄阳附近，距离襄阳一百三十公里，飞机和高铁不能直达。我决定坐当天下午的全日空出发，晚上到达武汉；第二天一早坐两小时动车到襄阳，在襄阳坐出租车到苍阳，在那里住下，然后第二天一早去咖啡馆。之所以这样安排，是担心任何一个环节的延误会导致我不能按时赶到咖啡馆。订好机票和动车票之后，我给她发了邮件，告诉她我会按时到达。

行程很顺利，预想中的延误都没有发生。我按计划到达武汉，也按计划到了襄阳，约好的车也按时来接我了。不过，当我在后排坐稳的那一瞬间，司机转头说："苍阳这几天要地震，你是不是不知道？我反正没事，把你送到我就走了，你要是去了，万一地震了，就算没事，也是住没得住，吃没得吃，走也走不掉，你好好想一想，反正我不赚你这个钱也可以，不要说我没有告诉你，让你去地震的地方送死。”

“送死”这两个字相当刺耳，但我沉浸在自己的各种念头里，并没有在意。我搜了苍阳的新闻，却只找到一条简单的消息，五月二十日，在苍阳有一场防震逃生演习，要求全城居民参加。我又查了一下这个县城的人口，全县四十万人，县城十四万八千人，把这十四万八千人疏散到安全的地方，要耗费的金钱成本和时间成本，都是很难衡量的。显然，苍阳的地震消息，是防震演习新闻演变而成的谣言，但这么大规模的防震演习，也的确非常少见。不过我毕竟生活在日本，已经被日本气象厅发布的地震警报搞得百毒不侵，对现有的科技水平能否预报地震，也非常怀疑。我还是决定去苍阳，为了安抚司机，我主动加了一倍车资。

我在五月二十日早上十点到达咖啡馆。咖啡馆里只有两桌客人，一桌是拖着行李的游客，正在吃早点，另一桌只坐着一个年轻女子，面前摆着电脑，电脑的光映照在她脸上。我看了她一眼，觉得她就是我要见的人，果断地向她走过去。她看到我，立刻放下手里的杯子，很快站起来，脸上浮现出一种看似动人的假笑："是你吗？"我回答："是我。"

她并没有马上坐下，在假笑迅速消失的同

时，她开始仔细地打量着我，非常明显地，依次打量着我的五官，从眼睛、鼻子、嘴巴，到头发和发际线，甚至还微微侧了侧头，看了看我的耳朵。她毫无表情，却有一种难以掩饰的激动，是好战者听说战事即将开始的那种激动。就在我刚刚觉得不自在的时候，她就迅速挪开视线，垂下眼睛，用一种毫无感情的口吻说："你可能知道这里马上要有一场地震演习，所以我们的时间不多了，我们要提高效率。我叫许丽虎。"

她不算好看，但非常美。脸小，瘦削，线条很硬朗，波波头掩盖了她脸部线条的不完美，头发染过，非常黑，口红是浅紫罗兰色的，和黑发形成一种差异，看到她口红颜色的时候，我在心里试着换成了更亮的红色，但最终觉得，还是现在的颜色更适合她。她穿着一件很薄的黑色夹克，蟒蛇皮做领边，暗黑中透出银亮，夹克里是一条玫瑰红色褶皱长裙，手上只系着一条细细的链子。这些衣服饰品，我都看不出来历，只有她领侧的胸针，是我认识的牌子，那是一款梵克雅宝的狮子胸针。

她示意我坐下，自己也急急忙忙坐下，落座之后，却沉默了片刻，脸上又出现了那种动人的假笑，嘴角弯着，眼睛似乎也笑弯了，甚至笑出了一点点眼角纹，一切都和真的一样，但这种笑容，我实在太熟悉了，我微微笑着说："你也是电脑脸。"

其实我真正想说的是，你也是电脑脸假

笑。是的，电脑脸，就是那种久久对着电脑，失去了表情的脸，但脸的主人不甘心就这么丧失了表情，社交生活又督促他们要以笑脸示人。于是，他们练就各种假笑，既动人，更能表达各种情绪的精髓，但它终归是假笑。这种假笑，只有同样练习过假笑的人才能识破。

她听懂了，迅速收起假笑，换上一种有点自嘲和倦意的真实微笑："你也是，但你不练着笑，社会对男人和女人的要求不一样。好了，我们的时间真的不多了，进入正题，我想听你的故事，你的父亲母亲，你的家族，你能说的一切一切。重要的时间节点也给我。这很重要。给你一个半小时，然后是我的一个半小时。"

我从祖父一家开始讲起，祖父的出身，祖

父的生意，民心市场的那间水产店，我母亲的性格，她在插花班的所作所为，她骑摩托车去哈萨克斯坦的经历。每段经历，都特意强调了时间，一九八〇年，一九八一年，一九八四年，去哈萨克斯坦是二〇〇五年的事。

在开始讲述父亲的故事之前，我拿出一本《奇想建筑》，翻到目录页上，指着香川教授穿着风衣的特写给她看，告诉她，这个人物是我按照父亲的样子画的。父亲没有留下照片和视频，在我画画的时候，父亲也已经离开了很久，所以未必能准确地反映他的相貌，只是个参考。

她拿过那本漫画，认真地看了很久，又往后翻了几页，说："画得不错，我还没有告诉你，我也是画画的。”

我毫不意外，说：“我已经通过你的微博了解到了。”我开始讲父亲的故事，他的生活细节，他散步的习惯，他带我去看的那所房子。说到这里的时候，她打断我，问那间房子有多大？我想了想，对她说，当时我只有八岁，不能准确估算房子的面积，凭借记忆推断，应该有二十多平方米，和一个标准间差不多，当然，这只是个参考。

我继续讲述父亲失踪那年的事。显然，那时的他，已经准备好了，要在那一年离开，但他并没有对我和母亲更温柔和更体贴，他像往常一样上班下班，在黄昏出去散步，像往常一样经常走神，喜欢站在阳台上，看着某个地方，一站就是很久。有个晚上，他站在阳台上的时候，我们这一片突然停电了，二十世纪八十年代，停电是很常见的，但他并没有马上回屋，而是在阳台上站了很久才推开阳台和屋子之间的那扇毛玻璃门走进来。

那天晚上，月亮非常亮，外面像白昼一样，亮到反常，他推开毛玻璃门的瞬间，地上立刻出现一块白色的方形，他就从屋外反常的白昼里，走进那一块白色，整个人就是个黑影，还带着户外的寒意，黑影没有说话，也没有任何声音，像是被脚下的一个传送带拉进来一样，猛然进了屋子。

那一刹那，我突然觉得，他不是我父亲，而是一个鬼怪或者外星人，至少也是个陌生人，那一瞬间，他借助黑暗，显露了原形。我转头跑进了另一间屋子，在我进屋的瞬间，来电了，我不知为什么，像昏了头一样，也有可能是想求证什么，又一次跑进父亲的屋子，灯已经亮了，他坐在沙发上，正在翻看什么。看到我进来的瞬间，面部没有表情，但转瞬间，他就像是身体里有什么东西满格了一样，表情涌了上来，涌进了他的眼睛，他对我说，停电的时候，不要跑动，免得磕着。

我想起许丽虎对时间的要求，又补充了一句，那是一九九一年八月，一个月后，他留下一封信离家出走。我随即看了下表，我整整讲了一小时二十分钟，于是对她说，我讲得差不多了，现在是你的时间。

她拿出一册速写本，翻开第一页，推到我面前："这是我父亲，他也没有留下照片。从画像上看，和你的父亲很像，但我不敢确定他们是不是同一个人。我拉过那个速写本，看到了一张在某些地方让我很熟悉的脸，浓眉，大眼，脸部线条非常硬朗，更难得的是，她画出了他的眼神，那是一种在苏美尔人留下的泥塑上很常见的眼神，泥塑的眼睛失神一般，向着略高一点的地方望去，为了强调这种专注的失神，塑像的人会着力刻画眼睛周围的线条，让眼珠鼓出来一点，有些眼珠，鼓得像是甲亢患者的。她画的她的父亲就有一双微微鼓出的眼睛和专注的失神。看到这个眼神，我有点失望，也有点庆幸，那不是我父亲的眼神。

她的外祖父是从做小电器生意起家的，后来改做印刷，在二十世纪八九十年代，印刷还是个好生意，但这个生意有个缺陷，尤其在那个年代，这个缺陷就更加明显：印刷设备需要不断更新，永远会有新设备出现，新设备永远更好、更准确，在电脑普及以后，设备更新的速度越来越快，“赚的钱全换了设备”，她外祖父无数次这样说。

这或许是真的，因为她外祖父最终换了行业，卖掉了设备，拆掉了厂房，在印刷厂的土地上盖起一个商场，将之发展成一个电器城。电器城里商家林立，鱼龙混杂，经营和居住区域划分得不明确，接连出了几次小火灾；警方又长期在这里蹲守，抓黄碟贩子；电商兴起之后，电器生意也一落千丈。他于是痛下决心，调转方向，把电器城改成美食城。他汲取了电器城的种种教训，认真做了规划，重新做了装修，定期组织商户开会和联谊，美食城生意逐渐上了轨道，成了当地的品牌，一直经营到现在。

她的外祖父做印刷厂的时候，她的母亲在印刷厂制版；做电器城的时候，她的母亲就在电器城里收租；做美食城时，她的母亲就在美食城里开了一家串串店，起初每天去收一次账，后来一周才去一次。她的母亲，心安理得地享受着父亲的逐渐富有给自己带来的便利，一点都不焦虑，“幸亏我是女的，要是男的，就要出去做事证明我没有靠爸爸，我巴不得证明我要靠我爸”。

她有了充足的时间做自己喜欢的事，旅行，看电影（这是电器商城的DVD贩子帮她培养的爱好），在寺庙里帮居士们做事（却从不皈依），在慈善团体做义工（却从不登记注册，理由很荒唐：没有像样的证件照）。她还加入了一个合唱团，在合唱团参加比赛却缺少服装经费的时候，匿名捐出一笔钱给每个人做了衣服。负责做衣服的领队，没想到捐助者就在合唱团里，吃了回扣，制作的西装“薄得像手帕，袖子短得哟，连手腕都遮不住”，比赛之后，她退出了合唱团。

她就在印刷厂时代认识了自己的丈夫，他在建筑设计院工作，来厂里印刷一本建筑图片集，她给了他成本价，还给他加了塞儿，排在一本畅销的写真集前，工人不得不加班。为了安抚工人们的怨声，她用自己的钱给工人发了补助。外祖父察觉了自己女儿的异样，要知道，他挂在嘴上的话是"生意可以不赚钱，但不能赔钱"，女儿一向执行得很好。第二个月，母亲带父亲回家吃饭，回答了祖父的疑问。那是一九九二年。一九九三年，他们结婚，一九九四年，许丽虎出生，许丽虎九岁的时候，父亲留下一封信，离家出走。

母女两人，有身体硬朗、头脑灵活的商人家长和一个生意火爆的美食城作为靠山，安全度过哀伤期。但许丽虎很久之后才知道，这种哀伤是内伤，要绵延很久，时时发作。其表现是，母亲再也没有结婚，而她先后暗恋上了外祖父最忠诚的合伙人、自己的中学老师、大学老师、画家老师、画家老师的朋友,她喜欢的演员是王庆祥、董勇、孙淳、尤勇和王志飞,她在社交软件上筛选网友的时候,也把年龄区间设定在三十五岁以上。她从没对朋友讲过自己对男性的偏好,因为她深知这意味着什么。

她从小学画,后来在一家网络杂志做美编,这是本小众潮流杂志,主打游戏和二次元。杂志很小,内部竞争没有那么激烈,她很快就成了主编,也延续了前任主编的很多做法,包括每年一次的主题征文。主题征文面向中小学生,可以是文也可以是漫画,文字篇幅在五千字以内,漫画在一百幅以内。

三个月前,他们发起了二〇一八年度的征

文，主题是“诺言”。两个月后，到截稿日期的时候，他们收到了三千四百三十六份来稿，大部分是文字稿。“三千四百三十六，这个数字我记得非常清楚，后来我意识到，把它倒过来，就是我父亲告诉我们的他的出生日期，一九六三年四月三日。当然这只是个巧合，但我发现我一直在刻意寻找这种巧合。”

征文本来不需要她全部过目，他们把所有的文章分类打包上传到网盘，作为公共稿库，邀请了三十位比较老练的作者来看稿和审稿。大部分稿子，在第一关的时候就被刷掉了，最后选出一百篇稿子，进入第二轮。第二轮是交叉审稿，每篇稿子要经过五个审稿者的审看和打分，最后筛选出二十篇，这二十个人是最终的获奖者。她只需要粗略地看一下第二轮的一百篇稿子，再认真看一下最后的二十篇稿子，给出最终意见就好。

他们建了一个微信群，交流看稿子的心得，时常摘出滑稽的、荒唐的段落来，作为消遣。在评选已经进入第二轮的时候，一位审读者转了一篇文章进来。这篇文章没有通过第一轮筛选，他是偶然在稿库里看到的，觉得很有意思，就转了进来。文章的作者，是一位十二岁的小学生，生活在安徽，他的文章叫《父亲的诺言》，图文并茂。

她把面前的电脑转过来，Word文档页面上正是这篇文章。我调整一下电脑的角度，甚至没顾上跟她打招呼，就开始读下去：

“人们常说，不能轻易许诺，因为许下诺言就要实现，我希望这是真的，因为我的爸爸就给我许了诺，他说他将来还会回来看我。

“我的爸爸很帅，明星也比不上他，他去学校开家长会的时候，同学的妈妈总是跟他要电话。但我爱我的爸爸，不是因为他比明星还要帅，而是因为他很爱我，对我很有耐心，跟我说话总是很认真，愿意听我讲我胡思乱想出来的那些东西。每当我想出什么有意思的故事，首先想到的就是回家讲给爸爸听。在回家的车上，我复习着我的故事，希望它更有逻辑一点，先讲什么，后讲什么，大脑就像电脑一样忙碌着，因为爸爸总是说，一个故事最重要的是逻辑。”

（这里有一张插图，是他给父亲画的肖像，

针管笔线条画，上了淡彩。不出意料，这也是一个浓眉大眼的男人，这个男人，和我的父亲、和许丽虎的父亲都很像，但嘴的形状，眼神和表情，似乎又有差异。他画得非常好，笔触成熟，细节丰富，远远超过普通学画孩子的水平。）

“我的父亲，也不像别人的父亲那样，总是咋咋呼呼，总想着把别人的风头压下去。他很稳重，说话很稳重，走路也很稳重；他嘴里说出的每个字，似乎都很有分量；他每走一步，好像都很爱惜脚下的路。自从我认识了我的爸爸，我就觉得别人的爸爸都很傻。我的姥爷和我妈妈也经常对我说，你爸爸是世界上最能给人安全感的男人。”

（这里有插图，是一张他父亲的全身画像，

针管笔线条画，上了淡彩。画中人是个高大的男人，穿着衬衣和西裤，站在一面墙壁前，双手插在裤兜里。猛一看和我的父亲很像，细看又有差异。）

“但是谁也没有想到，我爸爸做了一件事，让妈妈和我都失去了安全感。在我九岁那年，他写了一封信，放在桌子上，然后就悄悄离开了家，再也没有回来。”

（这里也有插图，画面上是一张信笺，上面写着：“清黎和小亮，我很爱你们，很爱很爱，但现在有很重要的事需要我去做，我要离开你们一段时间，希望你们好好生活，享受生命。”字体来自字体库，信笺上还画着一串泪珠。）

“爸爸的离去，让妈妈难过了很久，但妈妈

还是振作了起来，她说，爸爸走了，她就既是爸爸，也是妈妈，她要学着像爸爸做爸爸那样做妈妈。她比以前更勤奋地工作，还培养了很多新的爱好，比如养鱼、养花，她也有了很多新的朋友，他们和她有相同的爱好。

“我也难过了很久，但似乎也不那么难过，因为父亲曾经告诉我，他将来还会回来的。一想到这句话，我就不那么难过了。

“这句话是他在我八岁的时候说的。那是一个黄昏，他带我去散步，经过我家附近的体育场，他突然停了下来，并且对我说，他在这个体育场里，藏了一个很大的机场。我说爸爸你真会逗我，这个体育场我进去过，里面就是一个体育场，没有别的东西，再说，体育场里为什么要藏飞机场呢？爸爸笑眯眯地看着我，然后拉开一扇小门，带我走了进去。”

（两张插图，图一是体育场的内景，和任何体育场都没有什么两样，看台上没有人，足球场上有淡绿的草坪；图二是一个机场式的建筑，有巨大的通道，巨大的候机厅，所有这些都是银白色的，机场里一个人都没有。）

“眼前是一个很大的通道，有五十米宽，墙壁和地面都是银白色的，很光亮，什么东西都没有，也没有休息椅。我们顺着这个通道走了很久，我都走累了，眼前出现一个候机厅，长和宽都有四五百米，也是银白色的，空空荡荡的，什么东西都没有。

“通道和大厅都很亮，但是看不到灯在哪

里。我和爸爸站在大厅里，身后都没有影子。在那里站了一会儿，我跟爸爸说，这个地方空空的，我很害怕，爸爸就带着我从原路回来了。在回去的路上，爸爸对我说，他以后还要回来，还要带我到这里来。

“但是他再也没有带我来过这里。第二年，爸爸就离开我们了。但是我有信心，爸爸说话是算数的，他肯定还会回来，带我去看银白色体育场。希望那一天快点到来，我等待着，等待着……”

（最后一张插图，依然是针管笔画的，画面有一个男孩子，眼睛很大，穿着卫衣，身后是夜晚的城市，一些屋子的窗口亮着灯。这张画的日漫趣味，和他对自己的美化，显露了他天真的一面。）

看到我抬起了头，许丽虎问我，有什么读后感？我说，文字和画都比较早熟，例如第一句，他写的是“人们常说”，而孩子们会写“大人们常说”，还有一些表达很越轨，但很有趣，例如“自从我认识了我的爸爸”“她要学着像爸爸做爸爸那样做妈妈”。画得也很好，这个你也看得出来，只要给他时间，他能画出来。当然，这不是重点，重点是……说到这里，我说不下去了。

是的，是的，重点是……重点是……所以我马上就按他留下的联系电话打过去了，从联系人的名字看，那应该是他妈妈，的确，电话也的确是他妈妈接的，那是一个很柔和、很明快的声音，而且……一点陌生感都没有……一点都没有……就像……我和我妈妈说话，那种感觉，既熟悉又恐怖。我跟他妈妈说明了来意，非常非常诚恳，生怕说错一个字。第二天，我就从成都飞去了他们所在的城市，和他们母子俩见了面……见了一面，在一起处了三天。许丽虎说。

我可以猜到一些了，我说。

是的，她说，在去之前我就猜到了一些……去之后就彻底证实了……也是一个生意人家庭，生意做得非常成功，但也没有成功到有皇位要继承那种程度，妈妈性格非常爽朗，是……不难从痛苦中走出来的那种人。

我说我懂了。

她的眼睛灼灼地望着我，没有假笑，也没有痛苦的神色："如果只是我一个人经历了这些，我可能会以为那间金色大厅是我的幻觉，但我在三个月时间里找到了你们，我相信这不是幻觉。其实，在找到小亮的时候，我就有了更大胆的猜想，这个世界上，还有没有类似的人和类似的事情？所以我发了那个微博。”

“但那篇微博的文字不是你写的。”我说。

“是的，不是我写的，我太严肃了，严肃到写一条微博都要用半个小时，所以我请了一位作者替我写，我说，她写，她熟悉网络的口吻，知道怎么利用自己的性别。我还加上了抽奖，买了粉丝头条，请朋友转发。总之，我希望它传播得更广，有更多人看到。然后，连回复带私信，我收到了五万条信息，大部分是没有价值的，只有两百条，符合我的要求。但这两百条里，有些明显是编造的，筛掉，有些内容是重复的，我保留了信息更完整更清楚的，把不好的筛掉，就这样，剩下了三十一条。三十一条，有些来自唐宋传奇、明清小说、历代笔记，还有些来自民间传说、名人回忆录、口述史，还有一些是《飞碟探索》和《奥秘》杂志上的神秘现象报告。”

我说工作量一定很大。“是的，但好在我有一个编辑部。”她低头从身边的包里拿出一个文件夹。“现在女人的包越来越荒唐，大得像是要从家里逃走一样”，旺达·塞克斯在脱口秀里这么说过，而她用来装文件夹的就是一只非常大的托特包。

她打开文件夹，推到我面前。看到第一页是一篇文言文，我立刻面露难色，她马上觉察了，对我说，我也和你一样，我们这代人，遇到文言文，和半文盲也差不多，所以后面有白话文翻译。

第一篇出自《聊斋志异》。

太原有个书生，姓王，才华在当地也是数一数二了，参加科举考试却屡屡不中，不免很受乡亲嘲笑。一天，王生出门散心，走在街上，迎面走来一个穿青色衣衫的汉子，看到王生，竟像是熟识一般，拊掌大笑，对王生说："你的事我听说过一些，听你的经历，再看你愁眉苦脸的样子，让人很是同情，不如你拜我为师，我教你作文，保证你能获取功名。"王生听到这句话，不免激起心中的怨气，就对那人说："我虽然没有什么才华，却也不能随随便便就拜人为师。看你轻狂的样子，也不像是能够为人师的。"那人大笑着说："我们萍水相逢，也很难获得对方信任。不如这样吧，今天傍晚，你到城外仁寿山下的松林里来，我召集了一群爱读书的人，在那里清修和研读。你若有兴趣，也可以前来，和我们一起学习。"

王生回到家里，觉得这事很是离奇，但他又有几分好奇，不知道自己是不是遇到了异人。于是把事情告诉家人，并且表示出想要赴约的意图，家人大惊，极力阻止，王生的念头反而更加坚定。晚饭后就慢慢向着城外的仁寿山走去，走了大约二里地的样子，看到一片松林，隐隐有一点灯火，等到他走到跟前，才发现松林深处有一处小小的宅院，只有三五间房子的样子，两扇窄窄的木头门，油漆已经剥落，看上去很是寒碜。王生犹豫着叩门，随即听得院内一阵响动，有人来开了门，正是白天所见的那个青衫汉子。

青衫汉子把王生迎进门，爽朗地笑着说："大家都已等候你多时了。"然后击掌三下，把王生拖进一道门，没想到其中别有天地，亭台楼阁一应俱全，不远处还有一座华丽的大厦，楼上楼下灯火通明，一股兰麝之香扑面而来。随后，几个汉子从各处走出，个个都是神采奕奕的样子，又有几个少女，簇拥着一个美若天仙的女子走出，她们身上的钗环衣服，都是宫中才有的东西。王生置身其中，竟然并不觉得局促。

众人拉着王生进入大厦，筵席已经摆好，王生也就泰然坐下，与众人举杯畅饮。酒过三巡，青衫汉子脸色微醺，谈到兴头上，就会拍打王生的大腿，王生虽然觉得古怪，但也能够接受。如此这般聊了一个时辰，青衫汉子突然收了脸上的笑意，也不再拍打王生大腿，郑重其事地说："你的文章虽美，可惜当世之人重官位，如果官位低下，文章也就不能传世了。阅卷的官员，都是靠八股文进身的，恐怕不能为着阅读你的文章，换一副眼睛和肠胃，倒不如你换了眼睛和肠胃再去作文。”

王生不明就里，诺诺应答，又饮下几杯酒，渐渐失去知觉，恍惚间，看见青衫汉子搁下酒杯，走到他面前，琅琅笑着说：“我这就为你换一副肠胃。”说话间，伸手探进王生的肚腹，将王生的肠胃拽出，端详一番后，念念有词，并且用手指点环绕，仿佛在做法。

王生大骇，怎奈饮酒过多，动弹不得，只能眼睁睁看着众人围着他的肠胃，有的指指点点，有的拍掌叫好，有的咯咯笑，有的像是出着主意。过了一炷香的时间，青衫汉子停下动作，对着王生的肠胃端详了一会儿，点点头，露出满意的神色，又将肠胃塞回王生的腹中，动作就像闪电一样。王生瞬间清醒，身上也有了力气，低头看自己的腹部，并没有伤痕和血迹。

众人看到王生清醒了，一阵喧嚷，半推半搡地把王生送出门去。到了门外，笑声、喧闹声瞬间就消失了，王生急忙回头，依然只能看见那处小小的宅院，转身拍门，却再也没有人回应。

王生回到家中，家人见他神色恍惚，关切地询问他的经历。王生不知说什么好，就随意应付了几句。等到睡倒在床上，就听见腹中肠鸣不止，一直到天亮才停止。

过了一年，又到了乡试的日子，王生惴惴不安前去应试。到了考场中，坐在桌子前，心头空茫一片，手下写个不停，却不知自己写了些什么。等到写完掷笔，就立刻清醒过来，却已经是太阳落山的时候了。王生出了考场，想起考场中的经历，恍如一梦，竟然回忆不起来一星半点。没多久，发榜了，他中了乡试第一名。

知道消息以后，王生急忙出城，去仁寿山下松林间，寻访青衫汉子。那处宅院还在，窄门紧闭，他敲了很久的门，也没有人开门，于是翻墙进入，那三五间房子也都还在，只是空空荡荡没有人住。他走进每间房子查看，都只看见狭窄的小房子一间，四面墙壁也光秃秃的没有装饰，看不见当日那些亭台楼阁和大厦。他用手逐一叩击墙壁，也不见有什么异样。在小院里伫立了很久之后，他闷闷地翻墙出来，回家里，想起当日那场欢宴，笑声和语声似乎都在耳边。

乡邻渐渐知道了他的遭遇，都说他一定是遇到了狐仙，只是赞叹，狐仙竟有助人获取功名的举动，或许王生也有些仙骨吧。可叹这样的际遇，不是人人都能有的，像王生这样的幸运儿，世间也没有几个。

第二篇、第三篇出自《阅微草堂笔记·滦阳消夏录五》。

乌鲁木齐每年有五个月天气极寒，动辄积雪超过一尺，不能在户外活动，也不能在户外做生意。有个叫林霈言的生意人，不知道这里天气的厉害，在十一月初，载了一车茶叶，从甘肃南部来到乌鲁木齐，准备送到昌吉去。有人劝他不要贸然上路，他却不听劝阻，出城而去。他出发时还是晴天，路上却遇到天气骤变，突然间风雪交加，他和两个伙计眼看性命不保。就在此时，茫茫风雪中，缓缓走出一个穿着羊皮袄、戴着羊皮帽子的老人，手里拎着一个木质的房子，只有狗窝那么大。虽然在风雪中，老人却丝毫没有瑟缩之态，似乎是刚从很暖和的屋子里走出来一样。老人走到林霈言面前，把手里的东西递给林霈言，让他把木头房子靠着路边的山坡放下，打开房门。林霈言浑身颤抖，依言照做，等到门打开以后，却发现自己已经置身于一间屋子里，屋里有炉子，炉火正在熊熊燃烧。转过头,老人已经不见了。林霈言和伙计在屋子里休息了一天,等到风雪停止才走出屋子,就在他们走出屋子的一瞬间,那间屋子又变成狗窝大小。林霈言带着这个木头房子,返回了乌鲁木齐,把房子珍藏在密室里。第二年春天,他载着茶叶和木头屋子再度上路,快到昌吉的时候,迎面走来一位老人,正是当初赠送木头屋子给他的那人。林霈言上前下跪道谢,老人微笑接受,等到他再次抬头,老人已经不见了,回到车上查看,那个木头房子也消失了。

乌鲁木齐这地方,曲折深巷,常有不可思议的事情发生。我曾听把总蔡良栋说,有人在城中开设“鬼市”，售卖各种违禁物品。他带人前去调查，却发现这“鬼市”神秘莫测，不断变换地点。后来，他们抓捕了参与“鬼市”交易的人，严加审问，才知道，那“鬼市”是由一个来历不明的泉州人掌控，他在城里到处寻找空屋，以低廉价格租下，随后稍加改装，就变成了“鬼市”。在他改装前，那空屋就是一间陋室，七八尺见方，但他不知用了什么邪术，将屋子扩充成几十丈见方，容得下许多人在里面交易。一旦那“鬼市”被人发现，他就弃之不顾，转而去寻找下一间房子。那“鬼市”一旦被弃，就再度变回数尺见方的陋室。这是官府屡寻不获的原因。

第四篇出自《关山寻路：陆仁棠回忆录》，由陆仁棠口述，姚橹湘撰写。

听闻前方战事失利，黄世昌军行将赶至，医院里顿时慌乱起来。黄世昌系土匪出身，对待俘虏极为残忍，如果被黄军捕获，命运无疑十分可悲。我们简单整理装备，自医院出走，向郴州方向撤退。南峡口镇居民，此时也都知道兵败消息，携家带口，向郴州而去。

我与两名勤务兵，一名枪兵，二十几名伤兵及三名护士同行，另有五十名南峡口镇居民跟随，行进速度极为缓慢，我不由心急如焚。戎旅生涯至此，前路茫茫，护国行动屡遭挫折，战争陷于胶着，不知何时才能看到局势明朗。

正在难受之际，天空又下起绵绵细雨，所幸此地多红沙土，并不十分泥泞，只是雨水浇透全身，加之饥肠辘辘，不免更添几分沮丧。就在此时，走在前面的镇民说，前面山谷里就有一间小庙，可供军民休息。我们顿时提振了一点精神，加速前行。果然在山谷深处，看见一座小庙，不知供奉何神。走近小庙，庭院里种植着几簇修竹，另有一左一右两棵桃树，墙壁干净整洁，屋瓦上不见杂草，显然是有人打理。近前叩门，就有一位老者前来开门，表情动作与常人略有差异，细看才知是盲眼人。

我率先进了小庙，四下打量，见小庙只

有十尺见方，青砖墁地，一座清简的莲台上，端坐一尊观音，没有饰品，也无幔帐，除此之外，空余地面甚少，不知如何能容下近七十军民。

盲眼老者并不知我们人员众多，侧身让我们进入。其后发生的事算得上古怪，七十余名军民，挑筐背箱，陆续进入庙堂，庙堂竟不显挤迫。众人或席地而坐，或摊开铺盖躺睡，铺盖之间尚要留出容纳行走出入的空地，庙堂反而越显宽敞。我不免疑心，是否因青田墟一役时的枪伤，影响了视力，加之天色阴沉，没有看清庙堂大小。虽然心中存疑，却不断说服自己，于是昏昏睡去。

本想第二天一早就离开此地，没想到

雨越下越大，终于酿成洪水，将山道淹没，我们就在这间小庙里停留了五日。其间，盲眼老者拿出草药，帮助照料伤兵，伤兵伤势渐缓，连日疲顿也稍稍消退。五日后，我们告别老者，扶老携幼，再度上路。我仍然心中存疑，走出小院后，假装丢下东西，回身寻找，推开庙门，眼前仍然只得一间斗室，十尺见方。盲眼老者正在打坐，听见开门声，也不回头，只缓缓道："去吧，去吧。"

沧海桑田，驹光如矢，中国也发生了翻天覆地的变化，许多事情不复以往，然而想起这件事，我仍然大惑不解，但也只能由它去了。

第五篇出自《走近飞碟》，《目击者》栏

目一九八八年第六期。

一九七八年，在山西工作的时候，我有过一次近距离接触体验。那是八月的一个傍晚，天气很热，我在野外工作，突然看见眼前飞过一个发光的球形物体，只有一颗花椒粒那么大。我以为是萤火虫，心想怎么会有这种形状的萤火虫，就随手捞了一下，很可能把那个物体抓在了手里，手掌感到一阵刺痛，赶忙放开了它。就在这一瞬间，我感觉整个人被吸进了一个管道里，管道两边都是耀眼的光柱，飞速掠过，然后眼前突然变得开阔了，我像是飘浮在太空里，地球就在我下方，我正在俯瞰我们蓝色的星球。只要我对什么地方多看一会儿，我就会出现在那个地方，一会儿是热带雨林，一会儿是沙漠戈壁，一会儿是高楼大厦，一会儿是大洋深处，周围有鱼群在游动。就这样飘浮了一会儿之后，眼前的一切都消失了，我仿佛置身于一个实验室里，实验室很大，有一些物件，都是蓝色透明的。就在我好奇地四下打量的时候，手掌又是一阵刺痛，我从那个管道里退了出来，身边还是有耀眼的光柱。再睁开眼的时候，我还是站在野外工作的地方，手心很痛。我张开手，看到手掌里有一块小小的灼痕，有点歪斜，边缘不很整齐，像是用一把牙刷头烙出来的。后来我把自己的经历告诉家人，家人说，我很可能是抓到了一只野蜂，被蜂刺到，中毒之后产生了幻觉。

第六篇是“私历史FM”公众号上的文章,题目是《三十五年前,我是昆仑山下的找油人》。

……每天完成作业之后，我们就聚在队长的帐篷里喝酒打扑克，当时也喝不起好酒,就喝当地人用苞谷酿的酒,一边喝酒一边谝闲传(闲聊、唠嗑),就那么听说了好多事。内蒙古来的勘探员巴特尔说,他以前跟过一个勘探队，在阿克苏附近的戈壁滩上找油的时候,看到一座山,拔地而起,就像埃菲尔铁塔一样,山脚下有一间房子,灰白色的，门洞都能看得见。那座山看着很近,走起来很远,差不多有五公里,他们几乎以为那是海市蜃楼了，却终于走到了跟前。到了房子前面，才发现那是一个石头房子，墙壁全用的白色石头，也不知道是什么人造的，哪年哪月造的。房子正面有个门洞，没有门。他们好奇，就打了个手电筒进去看了，刚进去觉得里面很小，走了两步，乖乖，不得了，眼前是一个特别大的走廊，有五十米宽，三四十米高，看不到头，不知道到底有多长，墙壁都很整齐，像是用水泥糊过一样。最奇怪的是，走廊里看不到灯，但是有光，能看到很远的地方。他们走了一会儿，看不到人，心里直打鼓，又害怕里面氧气不够，把人放翻就麻烦了，就原路退出来了。出来之后，他们商量了一下，一致认为那是一个废弃的秘密工事，有可能是国民党造的，为了潜伏下来搞破坏。回去以后他们就向上级报告了，上级很重视，就组织了一些人到那个地方去找，结果再也找不到了。他们队长差点因为谎报情况背上个处分。

看到这里，许丽虎从我手里拿走了那些文件，说："时间不够了，后面的那些故事也大致差不多，《拾遗记》里的，《子不语》里的，《云南民间故事选》《古代神话故事》里的，地方志里的，还有各种口述实录。看这么多也够了。其余的故事，我会发到你的信箱。我想知道的是，你看了这些故事，第一印象是什么？"

我:须弥芥子。

她停顿了一下,似乎在出神:真是太浩大了……我们先关心一下和我们有关的部分吧。我们需要理一下父亲出现和失踪的每个时间点。你说话的时候,我记了一些,你的父亲,应该是一九五一年出生的,出生日期是……

我:六月五日。

她:好。你的父亲是一九五一年六月五日出生;一九八〇年,你的父亲二十九岁的时候,和你的母亲在水产市场认识;一九八一年,你的父母结婚;一九八二年,你出生;一九九一年九月,你九岁,你的父亲四十岁,他留下了一封信,离家出走。在我这里呢,时间线是这样的,我的父亲一九六三年四月三日出生;一九九二年,也是在他二十九岁的时候，和我母亲在印刷厂认识；一九九三年，他们结婚；一九九四年，我出生；二〇〇三年，我九岁，我的父亲四十岁，他留下一封信，离家出走。好了，再来看看小亮父亲的时间线，他是一九七五年五月十五日出生；二〇〇四年，和小亮的母亲在建筑工地认识；二〇〇五年，他们结婚；二〇〇六年，小亮出生；二〇一五年，小亮九岁，小亮父亲四十岁的时候，留下一封信，离家出走。看出来什么规律了吗？

我：时间线是平行的，平行相差十二年，孩子九岁，父亲四十岁的时候，必须要消失。

她侧脸看看窗外，说："在我遇到小亮的时候，就算初步发现这个规律了，找到你，只是又一次验证了这个规律。在小亮那里发现这个规律之后，我想了很久，为什么是十二年，为什么是四十岁。然后，我想起一部电影……”

我知道是什么电影了，我和她几乎同时说了出来：“《这个男人来自地球》。”

她低下头：如果他只是在四十岁失踪，如果只有这么一个特征，我不会这么联想。但还有那个房子……所以我想，他必须要在四十岁的时候离开，因为，人一过了四十岁，会老得快一点，而他肯定还是不到三十岁的样子，甚至在他应该五十岁的时候，还是这个样子。

我：也有可能，他会定期对婚姻厌倦，和一家人守在一起不耐烦了。

她：也有可能是别的原因，但是，那肯定是一个我们想象不到的原因。还有他为什么要在二十八岁的时候出现，或者说，以二十八岁的年龄出现，我还没有想明白。我也很肯定，那是一个我们想象不到的原因。

我：他也可以在我们五岁的时候离开……

她：所以我们想到的这些原因，都只是我们理解能力之内的原因。我们只能凭借三个个案归纳出一个规律，但不知道为什么会有这个规律，也不知道这个规律在第四、第五个个案上是不是同样适用。

我：那你觉得，我的父亲、你的父亲、小亮的父亲，是同一个人吗？他们似乎不是很像。

她：我想过，有可能是一个人，既然他能造出那个房子，那么，改变一下相貌的细节，应该不会太难，至少不会比在一个体育馆里，建起一个来历不明的机场更难。但后来,收集到的故事越来越多,我又想,他可能是一个人,但也可能是很多人,可能是同一个部落里的人,也可能是从……同一个飞船上下来的,或者是同一个地方生产的,类似于同一个批号的机器人。

说到这里,她沉默了一下,又说:“这个假想太可怕了。好了,父亲的时间线有了,再理一下他选择对象的方式。”

我:我们的母亲,都很相似,家庭富裕,性格爽朗,但也不是豌豆公主类型的,都穷过,做过很艰苦的工作。总之,抗压能力强,自愈能力也很强,不会因为丈夫失踪,就没法继续生活。

她:因为他知道自己有一天会离开,他在遇到她们之前,就在为离开做准备了。

我:为即将到来的四十岁做准备。

她:也有可能是别的东西。让他不得不离开的东西。

我:在离开前,还要把那个房子的事告诉孩子。

她:可能是让他们知道自己的存在,就像……立下一个纪念碑,但这个纪念碑又是不那么让人信服的,因为是从孩子嘴里说出来的。到最后,就连孩子自己也不太相信自己看到的和听到的。他们只好忘掉,或者当作记忆里的异常事件,封存起来。

我:也有可能,他是为别的事情做准备。

她:也有可能,没有那么一个房子,我们的确是被植入了一段记忆。我们都那么爱幻想,那么爱创造,针对我们的特点,给我们植入一段记忆,应该不难。办法很多,一是反复说给我们听,洗脑;二是催眠;三是带我们去一个电影拍摄现场。

我:都有可能。

随后,我们同时笑起来。

她放慢了语速:但是,那个房子……那些房子不是毫无联系的,现在已经知道的三个房子是有关系的。第一个,你看到的那个,只有二十平方米,二十平方米的三间房子,加上楼梯。第二个,我看到的那个,是一个金色大厅,占满一座山的内部,有几千平方米大,几十米高。第三个,小亮看到的那个,是一个巨大的机场,几万,几十万平方米,都有可能。这些房子,越来越大，指数级地扩大。就是说，不管他是一个人，还是一群人，他的能力都越来越大。从一间光秃秃的水泥房子，到金色大厅，再到一个空旷的机场。下一个房子，或者说空间，应该更大，但是我不知道会有多大。

我愕然地看着她，我还没有想过这个问题。

她：我也试着用一两个词，概括他制造这些房子的，或者说，空间的手法。你看到的那个房子，是“嵌入”，在一个大建筑里，嵌入一个小空间。我看到的房子，如果用一个词来概括，那应该是“占据”，一个空间，被另一个同样大小的空间占据。小亮看到的那个空间的制造手法，是“扩张”，在已有的空间里，开辟出一个更大的空间。嵌入，占据，扩张。那么，下一个词会是什么呢？当然，你不要被我用的这三个词语影响，还可以是另外三个词，撑开，填充，膨胀，但结果是差不多的。那么，下一个词会是什么？

还不等我回答，外面响起防空警报的声音，凄厉而响亮，在整个城市上空回旋。一遍结束之后，另一遍又来了。和防空警报一起泛起来的，是某种嘈杂声，看不到来源，却能感受到其存在的嘈杂声，像宏大的耳语。

“好了，我们走吧。”她说。她开始收拾桌上的笔记本和文件，把它们通通塞到那只大包里，然后站起来，停顿一下，迈出了步子。她走路的姿态非常夸张，大幅度地耸动着肩膀，像在笨拙地跳舞。

车祸，她说。她知道我在想什么，根本没有

回头看我。

我们并肩走在街上,起初,我还要适应一下她的步伐,很快,我们就能达成一致了。街上人多起来了,有人背着包;有人拖着拉杆箱;有人推着轮椅,轮椅上坐着老人;有人牵着狗;还有人不断地从路两边的门洞里走出来。所有人的表情都很轻松,像是去参加一次远足,看一次焰火表演。我想起有一次去大阪参加音乐节,在开场前,人们默默走向入口,场内已经响起了音乐,我们不知道是不是已经开演了,有一点轻微的焦急,但更多的是释然,那种演出终于要开始的释然。

她走在我身边,耸动着肩膀,执着地看着前方。我想起佩索阿的句子:“秘密的守护者都是残缺的人。”

但我知道她不是完全安静的，她思绪翻涌，好像要在沉默的间隙里，找到一个豁口，可以让她开口。终于，人群中传来一声尖叫，随后又是一阵哈哈大笑，有人笑着跑开，那些声音勾画出一场恶作剧。借着那阵骚动，她开口说话了："知道我为什么会来这里吗？"

我：我刚刚想起来要问你。

她：三个月前，就在我发微博搜集故事的同时，看到了这里要办防震演习的消息。我觉得这个消息不太寻常。现在的科技，还预报不了地震，只能地震预警。预警是什么？预警发生的时候，只有几十秒的时间可以逃生。所以，没有人会做这样的防震演习，只会做逃生和疏散演习。

你生活在日本，应该知道这些的吧。

我：所以？

她：所以，我用了很多时间，了解这个防震演习的背景、发起人、组织过程、耗费的金钱、防震演习的方式，一切一切。但所有的消息都告诉我，这真的只是一场防震演习。这个时候，你写来了邮件，我想，我们可以在这里见一面。我还邀请了小亮和他的母亲，但是小亮要考试，五月份孩子们都要考试。

我：所以，你已经默认了，我们的父亲是同一个人，而不是来自同一个飞船的一群人。

“我是这么期待的。”她说。

体育馆就在路的尽头，从外面看上去很大，但很简陋，墙壁是灰色的，围绕着体育馆的水泥路却像是新修的，在水泥路两边种着银杏树。体育馆的入口很好找，在靠近入口的地方，开着几家售卖体育用品的小店。

进门，穿过黑暗的通道，进入体育馆的一瞬间，我以为会看到一个金色大厅，或者白色的机场，都没有，眼前出现的，就是一个体育场，草坪、跑道、看台，和任何一个标准的体育馆没有什么两样。我没有看许丽虎，我知道她也一定感到一种尖锐的失望。

汇集在场地里的人还不多，我们找了看台上的位置坐下，她毫不在意地把那只包放在身后充当靠垫，尽力让自己舒服一点。

那个下午的后半段，我们就在体育馆里度过。我们聊了各自的童年，各自父亲的琐事，聊了又聊。一种亲切感在我们中间蔓延。晚饭时间,我们分享了她带来的零食,每人半块脱脂蛋糕,几块巧克力,一种吃起来像水果的软糖。周围的人也把他们的食物拿给我们。一种游戏般的、共患难的感情,临时出现在我们中间。不过,遗憾的是,当我们想要互加微信的时候,却发现那里面完全没有信号,只好存了彼此的电话号码。

体育馆里的人越来越多,但在志愿者的指引下,人们并没有过于慌乱,先到者上看台,看台坐满之后,其余的人就坐在场地中央。场地上有志愿者用木屑画出的方格,方格中间留出了通道,人们就坐在方格里。穿着黄色闪光马甲的志愿者,在格子之间奔走。

嘈杂声越来越宏大，像是一片海被引进了盆地之后感到拘束，要冲破盆地的狭窄，用浪潮的声音作为突破。就在那宏大的嘈杂声里，开始有人唱歌，起初，是一个女孩子的声音，她悠悠地唱了一首慢歌，但在歌曲快要结束的时候，她越唱越快，越唱越调皮，像个玩笑。最后，她在笑声里停止唱歌。很快，有另一个声音接了下来。

一群老年人，在一个老人的指挥下，开始合唱，都是些过去年代的歌。他们的声音，很快盖过零星的歌声，并且吸引了更多人加入。嘈杂声渐渐变成了歌声，像一堆黑色的、密密麻麻的点变成了线条。

就在老人们的歌声还没结束的时候，看台

上有人用喇叭讲话了："同志们、朋友们，今天我们在这里进行的是一场防震演习，这次防震演习，动员了全县城的居民参与，是我县、我市乃至我省历史上，规模最大的一场防震演习。这次演习得到了全县所有人民的支持，我们向大家的支持表示感谢。大家知道，自然灾害的发生是不可抗拒的，但是人们可以通过有效的措施、有组织的预防，把自然灾害造成的损失降到最低。这是我们举办防震避险演习的初衷。我们希望，通过举办防震避险演习，能够使大家进一步了解应急避险常识，提高面对突发事件的应变能力，帮助全县人民提高自救、自护的能力，也能增强互帮互助、尊老爱幼的思想意识，促进家庭美德建设。"

“为了达成这一目标，圆满完成这次地震避险演习，从今年四月中旬开始，我们就成立了由县委书记芮文斌同志担任组长，县委、县政府主要班子成员担任副组长的防震避险演习领导小组，从组织上为这次活动提供了保障。同时，我们召开了领导小组会议，确定了本次避险演习活动的指导思想、方针政策，明确了责任，并且落实到人。随后，我们在全县范围内，进行了广泛的动员宣传，通过层层落实、狠抓动员，我们让全县人民提高了对防震避险活动的思想认识，了解了这次活动的时间、地点和方式方法，并且建立了网格化的避险演习分管小组，层层传递，人对人传递，确保不落下一个人，不留下一个死角，不让一个人、一个家庭不被关注，不让一个人、一个家庭处于网格之外。”

我已经很久没有听过这样的讲话了，而且又是在那样一种特别的情形下，不知怎的，我竟然从这个讲话里感到一种暖意。它和中国人的所有讲话一样，有一种正统、笃定、达观，似乎怪力乱神不存在，崩溃流散不存在。它又有一种隐蔽的世界观，自给自足，不往宇宙深处望，也不往河海荒野深处望。我曾经以为，只有中国人的演讲是这样，后来发现，世界上的演讲大都如此，演讲本身，就是一种信心的表演。就是用语言，临时建造一所房子。

讲话结束之后，专业演员上台，唱了几首歌，跳了几支舞，演了几段地方戏，大约历时一个小时。随后有人宣布，防震演习胜利结束，请大家按照志愿者的安排，有序退场。这个晚上，可能就这样结束了。我和许丽虎对视一眼，静静地坐在原位，等着人们散得差不多之后，才向着出口走过去。

“是不是很失望？”她问。

“开始我没想到会产生期望，但现在有了失望。”我说。

现实没有让我失望，在那句话结束之后，在我们都以为故事结束的时候，故事才真正开始了。在我们走出体育馆的同时，她站住了，我们都听到她包里的手机在连续振动。她拿出手机，嘟囔着“这个时候来信息”，但看了一眼屏幕之后，她僵在了那里，很久很久，就在我已经不顾礼貌，准备凑过去看她的手机时，她把手机递过

来了,手机屏幕上有一条来自新闻App的信息:

中国地震台网正式测定:五月二十日二十一时二十九分,在湖北省苍阳县(北纬3××.××度,东经1××.××度)发生7.8级地震,震源深度十二千米。

我们根本没有看懂这条信息是什么意思,随后我醒悟过来,拿出自己的手机,打开微博,微博上已经随处可见和这场地震有关的消息:"一个巧合是,在湖北苍阳的地震发生之前,当地政府组织了一场防震演习,全县居民,都在地震发生前,被有组织地疏散到了当地的体育馆、学校操场和公园,在地震发生时,他们正在紧急避难场所欣赏歌舞表演。目前没有房屋损毁和人员伤亡报告。”

我和她站在哪里，呆立不动，各自心绪翻腾。那一瞬间，我们的上空似乎出现一个旋涡，而旋涡的中心就是我们，我似乎能看见旋涡里的云雾翻卷，它们像一个巨大的黑灰色的冰激凌筒，竖立在我们头上，并且缓缓转动。

就在那时，整个城市突然从慵懒的寂静中醒了过来，尖叫声、吼叫声、高声说话的声音和摔门声、汽车启动声慢慢泛起来，开始是隐隐约约的，不能确定的，随即变成尖锐的，明亮的，似乎有一根根刺，在整个城市的四面八方，从地下刺了出来。这些尖锐的声音，像是来自地下的刺，很快汇聚成一片。整个城市都被各种狂乱的惊呼、笑声充满了。

体育馆对面的那些楼宇上，不断有人跑出来，有人站在单元门口喊叫着什么，有人跑到离楼宇远一点的地方，仰着头看着他们的楼。有人从我们身旁的马路上跑过去，伴随着号叫和惊叫，我隐隐约约地听到他们喊的是："出鬼了！出鬼了！"

等到再有人从我身旁跑过去的时候，我拉住他的手臂，问他发生了什么，在被他奔跑带来的惯性拖着走了几步之后，他和我慢慢站住了，他喘着气告诉我："出大事了，我的家里什么都没有了，我们整个楼上的人家里头，什么都没有了。"说完这句话，他挣脱我，边跑边看着我，随后转过头，加快了步伐，很快消失在马路的尽头。

我走回许丽虎的身边，把我听到的只言片语转告给她，尽管我也不知道这到底是什么意思。我于是拉着她，对她说，到对面的房子看看就明白了。

她跟我走了两步，又突然站住了，像在想什么，然后对我说："不对，银杏树没有了。"

"什么银杏树？"我说。说出这句话的同时，我突然明白了她在说什么。体育馆外环形路上的银杏树不见了，一棵都没有了。

她拉着我，沿着那条水泥的环形路，向左走了三十米，没有看到一棵银杏树。我们折返到原点，又向右走了大约三十米，依然没有看到一棵银杏树。我们再次回到原点，她迷惑地问我：

“这条路上原来是有银杏树的吧？我没记错吧？”

我：你没记错，我也有印象，很整齐的银杏树，大概有五米高。

她：现在一棵都没有了。

我们沉默下来，同时转身，向着对面的楼宇走过去，我已经隐隐约约想到，我们可能看到什么，一阵很久没有出现过的慌乱、燥热、恶心感开始浮起。

对面的小区院子里，已经站满了人，他们和自己居住过的房子，保持着距离，远远站着，观望着，议论着，似乎那是个凶案现场。我们从他们中间穿过去，听到他们正在激动地讨论，“见了鬼了，见了鬼了”，“地震把房子震成了毛坯房”,“我报警了！派出所说他们办公室也是空的”,“把命保住也算不错了”。

我们走进那幢楼。一楼左手边的人家，房门大开着，月光从屋子里倾泻出来，幽蓝、淡白铺展在地上，勾勒出里面房屋的门框形状。院子里人们说话的声音，被这幽蓝和淡白，瞬间推远了。他们的语声，像是被一道光的帘幕隔开了。这月光、空寂的房间和被隔离的声音，都让我感到一阵熟悉的恐惧，转头望望身边的许丽虎，她和我一样毫无表情，似乎用什么把自己凝固了。我们站在门口，仿佛那里有一道看不见的薄膜，无比脆薄又无比坚固，冲破它，也许只需要一个小小的动作，甚至呼出一口气。终于，我重重呼出一口气，那道薄膜不存在了，我们迈步走了进去。

玄关、厨房、餐厅都空无一物，也没有经过任何装修，似乎是一间刚刚交付的空房，墙壁和地面都很光滑，有着未经装修的房子特有的阴冷。向右拐，是客厅，客厅很大，月光扑面而来，我像是和一个迎面而来的火车头相遇了。

我和许丽虎在那里又一次站住了，只是，那一瞬间，我突然有了种奇怪的感觉，似乎我正在变成一个漫画人物——变成我曾经画过的少年李斌，和同样变成漫画人物，变成波波头少女的许丽虎，站在一间画出来的房子里，我们面前是巨大的月光，月光也是画出来的，锯齿状的光芒，刺到我们身上。我们身边，似乎还有用黑色粗体英文字写出来的拟声词。

在漫画状态里停留了很久，我们同时转身，回到了有血有肉的状态，我们走出屋子，走到人群里，从人群中经过的时候，我还听到有人在向别人倾诉："演习之前房子还是好好的，演习回来就变成毛坯房了。"

我和许丽虎重新回到大路上，月光照着大路，路上空无一人。她说："我知道第四个词是什么了。嵌入、占据、扩张之后的第四个词是什么了，是替换。"

我静静地等着她说下去。

她：他的能力越来越大，这一次，他先用他制造的空间，占据了那些体育馆、操场和公园，然后让人们在地震快来的时候躲到这个空间里去。这个空间看起来没什么异样，但当我们走进体育馆的时候，可能已经在另一个维度的空间里了，地震不会震到那里，这个地球上发生的一切事可能都到不了那里，当然，手机信号也不会抵达那里。就在所有人躲在这个空间里的时候，他用他制造的城市，把震塌了的城市替换了，包括城市里的所有楼宇和房屋，他都给换了。当然，他不负责装修和置办家具，也不负责做绿化。

我和她同时笑了起来。

月亮已经升到了中天，月光异常明亮和透彻，一些鳞片状的云，被这光芒逼退，慢慢在天空中消失，我们像在海底世界，向着水面仰望，那些楼宇仿佛海底的沉积物，只要月光再亮一点，就能把它们涤荡干净。路上没有人，也没有车，就这样被月光照着，显得无比宽敞平坦，宽敞的大路，就那么悍然地，向着一个方向伸展着，似乎是被月光推出去的。我们就那样，沿着那条月光大路走了下去，没有说话，也不想什么心事。她在我身边行走着，起伏和耸动着身体，但没有之前那么剧烈了，我甚至怀疑，在这条路上继续走下去，她和我，都会恢复出厂设置，变成最初的样子。

楼宇渐渐稀少了，路边开始出现草地，渐渐地，草地连成了片，人的痕迹越来越少，路也越来越窄，慢慢没那么宽广，也不那么明亮了，似乎，它所代表的人的世界，到这里变弱了，不那么毋庸置疑了。路越来越窄，越来越薄，最终悄无声息地，消失在了浅浅的草地里。像是河回到了自己的源头。我们就在那里站住了,眼前是广大的月光,照着浅草的旷野,什么都被涤荡干净了。

在草地的中央,一个人站在那里,只留了背影给我们,他穿着大衣,戴着一顶平淡无奇的礼帽,他的穿着,和这季节不甚相合。他静静站在那里,沐浴在月光里,仿佛他就是在月光里生,月光里长的。

我和她对望一眼,向着那个背影,走了过去。